讓耶誕老公公欣賞有點色色的影片。趁他看得入迷時，將裝滿禮物的袋子抱走。

哇啊！
明年再度光臨呵。
碰咚
以後就
把他踢出門外。

怪傑佐羅力之恐怖的禮物

文．圖 原裕 譯 周姚萍

耶誕節還要再過兩天才會到，
但佐羅力的小屋裡卻
傳出悲傷的歌聲。

歡樂的耶誕節就快到了，
但令人難過的是，
我們的襪子裡卻老是空空如也。
讓人開心的玩具禮物
只送給好孩子，
不變成好孩子就拿不到，
耶誕老公公真嚴格啊，
哎呀！哎呀！哎哎呀！
哎呀！哎呀！哎哎呀！
希望能收到禮物
希望能吃到蛋糕

不過，佐羅力倒是笑呵呵、神采奕奕的織著一隻大襪子。

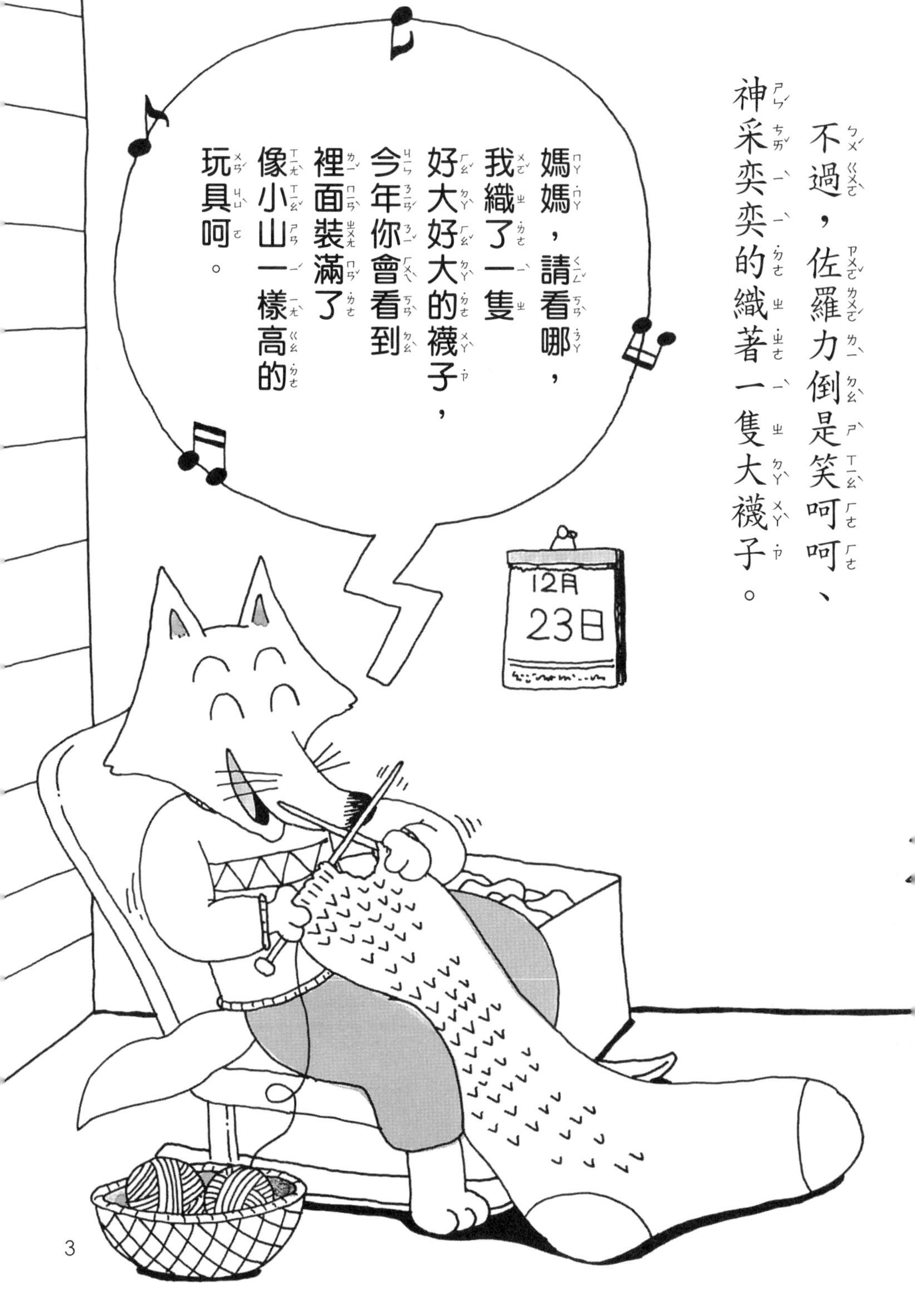

佐羅力大師，您怎麼還能
唱著那麼輕鬆愉快的歌啊，
請您想想之前那些
痛苦的耶誕節回憶吧，嗚嗚。
3年前的耶誕節
●聽說，如果不是小孩子，就拿不到禮物。所以，
一整年都穿著短褲，舔著糖果，打扮成小孩的樣子。
一班 佐羅力
●連個橡皮擦也沒有。
哈啾！
空的~
2年前的耶誕節
●聽說，如果不是好孩子，就拿不到禮物。
雖然很不甘願，還是勉強把垃圾丟進了垃圾桶一次。
垃圾桶
●連一條毛巾也沒有。

去年的耶誕節
●聽說，懂得珍惜物品的就是好孩子。
所以，餿臭的包子也不丟，全部吃進肚子裡。
●連一張面紙也沒有。
肚子痛死了
拚命晃動
耶誕老公公好小氣呵。
啊，你們說的沒錯，為了耶誕節所織的襪子，每一隻都充滿了傷心的回憶。
嘩嘩嘩嘩嘩嘩嘩嘩

「啊——我們又要度過一個收不到任何禮物的耶誕節了，好傷心啊，乾脆不要過什麼無聊的耶誕節，這樣我們就不會這麼難過了。」

「今年的冬天，真的好冷啊，佐羅力大師，這些沒用的襪子，可以送給我們嗎？」

伊豬豬和魯豬豬都穿上了兩層襪子。

「嘿，等等。聰明的本大爺已經想出了一個鐵定可以收到禮物的好辦法啦，這下子，就可以把從前累積到現在的埋怨全丟開了。」

伊豬豬和魯豬豬聽了佐羅力充滿活力的話，忍不住挺直身子。

「大家都認為全世界的耶誕老公公只有一個，但是你們想想，如果只有一個耶誕老公公，那他得在一天內，送禮物給全世界的好孩子，這有可能嗎？」

「對耶，對年紀那麼大的老公公來說，也未免太難了吧。」

「是吧？所以本大爺就好好的把耶誕老公公調查了一下。令人驚訝的是，不同的城市、不同的村落，都有耶誕老公公的家；他們在那裡製作禮物，然後分送給小孩。這就是本大爺所發現的驚人事實。」

「啊，這就是連偏遠村落的小孩，也能收到耶誕禮物的原因呀。」

「不過，並不是每一個小孩都能收到禮物啊。」

「沒錯!!這就是最關鍵的問題。在耶誕老公公的家裡，有一本『好孩子紀錄』，耶誕老公公會調查每個小孩在這一整年當中，到底表現得好不好，

然後記錄在本子裡。

如果能在『好孩子紀錄』中及格，

就可以得到想要的禮物，事情就是這樣。」

「那我們一定得不到禮物啊，因為我們根本

從來沒做過一點好事呀。」

「嘿嘿嘿，別太早就

放棄呀，我有個

好東西給你們看，

那就是……」

這(ㄓㄜˋ)個(ㄍㄜ˙)——!!
好孩子紀錄
分數
姓名 怪傑佐羅力
年齡 6歲
⊙請詳細記錄，這一整年當中，這個孩子的良好表現。
●考了382次100分。
●看家看了1230次。
●去幫媽媽買東西買了68次。
●不偏食，把討厭的紅蘿蔔、青椒和洋蔥，挾進桶子裡，堆得像山一樣高，然後通通吃光光。
●對老人家非常親切有禮。
●拿到零食的時候，卻能夠對朋友伊豬豬和魯豬豬說：「請你們吃，我自己不吃沒關係。」像這樣大方的把零食通通送給了朋友。
⊙請將這個孩子今年耶誕節想要的禮物，寫在這裡。
☆電腦條碼戰鬥遊戲機
☆超酷家用電腦的電玩軟體20套
☆超酷遙控模型
☆怪獸造型的絨毛玩具
☆躲避球 ☆足球
☆機關槍造型的水槍
☆溜冰鞋
☆F1賽車的模型
☆聲音很大很吵的機器
☆迷你四輪驅動車
☆謎語的書10本
☆恐龍的模型
☆怪傑佐羅力的書一整套
⊙此份資料將送進電腦處理，所以請勿摺疊。

不知道什麼時候，佐羅力神不知鬼不覺的把「好孩子紀錄」給弄到手了。

「怎麼樣？伊豬豬、魯豬豬，本大爺把你們的紀錄表也都弄來了，你們就照著本大爺這樣做，吹牛也沒關係，把自己表現得很好的地方寫下來吧。還有，只要是希望得到的禮物，也都全部寫下來。」

真不愧是佐羅力大師。
好，我也不會輸的，來瞎掰一通吧。

特別的禮物袋

佐羅力送給你的耶誕禮物

好孩子紀錄

分數	姓名		年齡	

⊙請詳細記錄，這一整年當中，這個孩子的良好表現。

⊙請將這個孩子今年耶誕節想要的禮物，寫在這裡。

⊙此份資料將送進電腦處理，所以請勿摺疊。

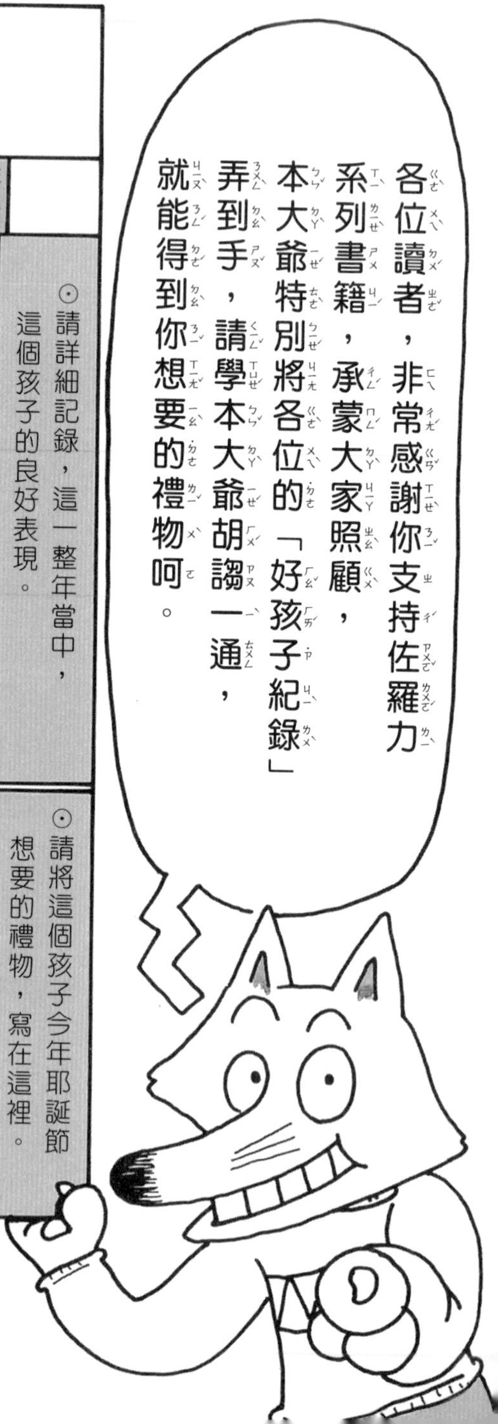
各位讀者，非常感謝你支持佐羅力系列書籍，承蒙大家照顧，本大爺特別將各位的「好孩子紀錄」弄到手，請學本大爺胡謅一通，就能得到你想要的禮物呵。

良心建議 為了方便寫錯時修改，本大爺認為，用鉛筆寫會比較好呵。

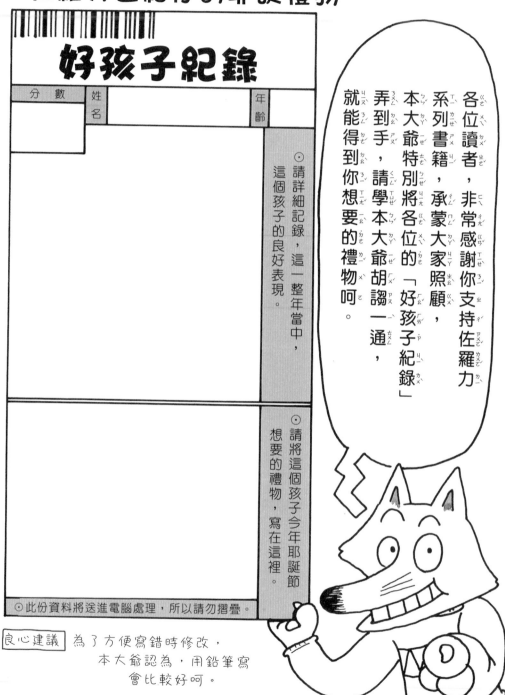

「大家都寫完了吧，好，那就把這些資料
悄悄的送進耶誕老公公家的電腦裡。
那麼到了耶誕節時，我們所準備的襪子
一定會被禮物塞爆的，嘻嘻呵呵嘻嘻。」
「可是，耶誕老公的家在哪裡呢？」
「噓，別出聲，跟著本大爺走就知道啦。」
佐羅力換上了怪傑佐羅力的
裝扮，精神百倍的
跑出小屋。

佐羅力他們往森林深處，
咦？外面在下雪耶。
還好，剛剛有穿上襪子。
一直走，一直走。
佐羅力大師，還沒到嗎？
還沒，還沒，耶誕老公公的家哪會蓋在那麼容易就找得到的地方。

沒路了，就自己闢出一條路來。
想拿到禮物，
還真累人呢。
啪

走了六個小時之後……
呼，總算走出森林了。
看，快看那邊！
呼～

他們總算到達耶誕老公公的家，
並悄悄從窗外往裡頭一看，發現有兩個
耶誕老公公正拚命製作著耶誕禮物，
根本顧不了其他的事啦。
因為明天晚上，耶誕老公公就得將
這些禮物全部分送出去了，
所以現在正是最忙的時候。

「太好了，趁現在溜進去吧。」佐羅力他們一起潛入耶誕老公公的屋裡，東看西看找著電腦，準備偷偷的將「好孩子紀錄」放回電腦裡。

「找到了！找到了！」

佐羅力一下子就找到了電腦。

「只要把這個放回去，禮物就是本大爺的嘍。」

勝——利！

好孩子紀錄的資料放置口
☆好孩子的資料紀錄完成後，一定要放回這臺電腦的資料放置口。
好孩子紀錄
6歲
怪傑佐羅力

電腦的資料放置口將
「好孩子紀錄」吸了進去。
就在這時，
伊豬豬和魯豬豬
異口同聲的說：
「佐羅力大師，
請看一下那邊！」
朝著他們所指的
方向望過去……

就是這樣製造禮物的！！

一臺夢幻的玩具製造機正在努力運轉著。

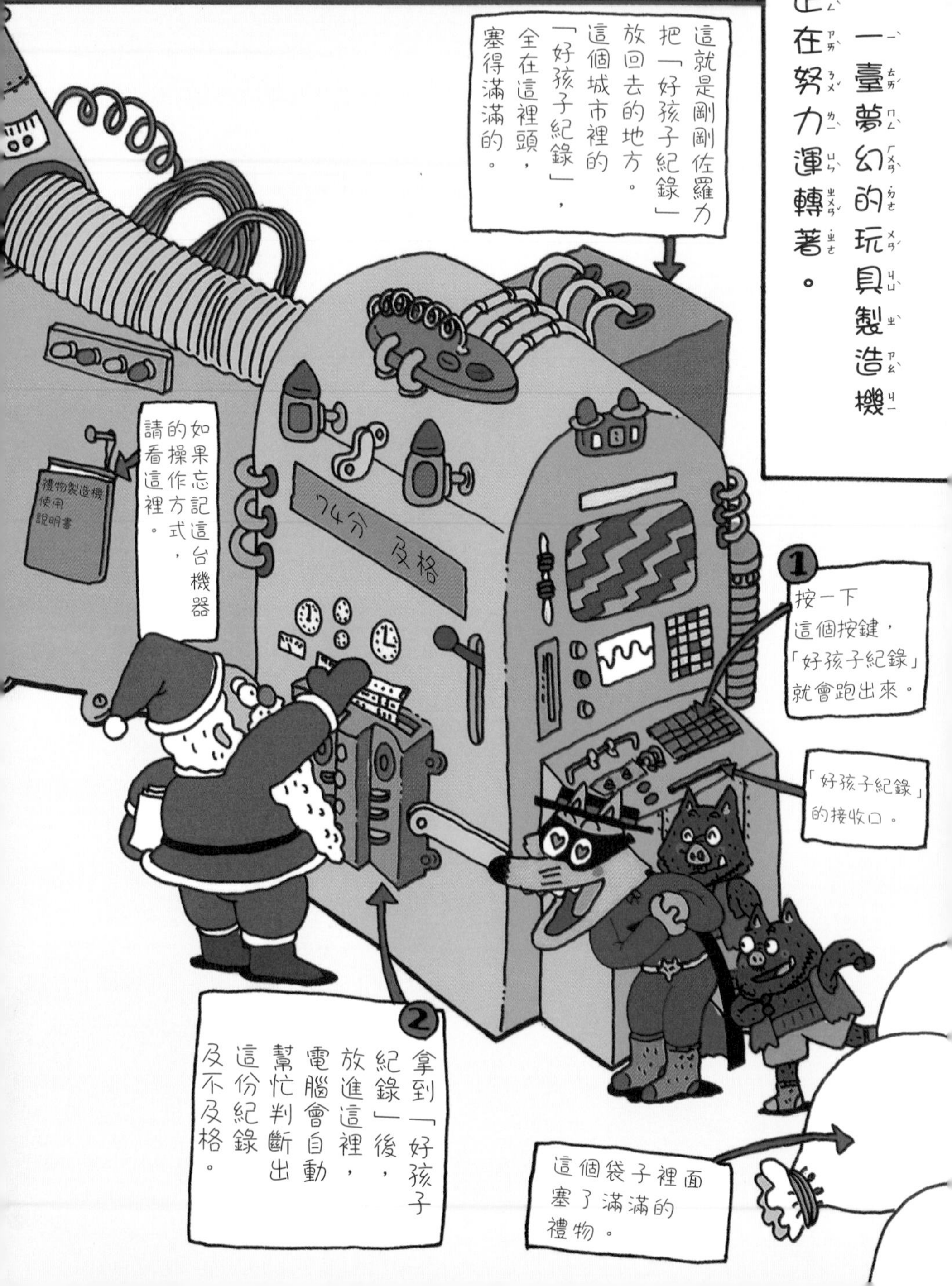

這就是剛剛佐羅力把「好孩子紀錄」放回去的地方。這個城市裡的「好孩子紀錄」，全在這裡頭，塞得滿滿的。
如果忘記這台機器的操作方式，請看這裡。
禮物製造機使用說明書
74分 及格
①按一下這個按鍵，「好孩子紀錄」就會跑出來。
「好孩子紀錄」的接收口。
②拿到「好孩子紀錄」後，放進這裡，電腦會自動幫忙判斷出這份紀錄及不及格。
這個袋子裡面塞了滿滿的禮物。

耶誕老公公原來

④
製作好的禮物會被包裝得漂漂亮亮，從這個開口送出來。
③
如果紀錄及格了，就會開始製作這個孩子想要的禮物。
「好孩子紀錄」必須得到65分以上，才算及格。大家都要注意，別拿到低於65分的分數呵。
⑤
禮物裝進耶誕老公公的袋子裡，接下來，就等24日晚上，乘著馴鹿雪橇，送往孩子們的家裡。

「拿到『好孩子紀錄』已經算不上什麼了不起的事，只要能把那臺機器弄到手，就可以每天都過耶誕節嘍。」

佐羅力眼睛閃閃發亮的說道。

「好！就把那些耶誕老公公抓起來，裝進袋子裡吧。」

伊豬豬抓起身邊的耶誕老公公禮物袋，把裡面的東西倒出來，準備清空袋子。

哇！是遙控F1賽車耶!!
佐羅力大師，你想要這個玩具呵？
蠢蛋!!我是靈光一閃，才想出用這東西來抓住那兩個耶誕老公公的好主意。
咦？用那個？
啪哩

佐羅力按下遙控F1賽車的操縱桿，賽車就猛的向耶誕老公公衝了過去……
哇啊！
並將其中一個耶誕老公公長長的鬍子捲進了輪胎裡……
咚
咻咻咻咻咻咻

另一個耶誕老公公
濃密的鬍子也
被輪胎纏住了……

然後，遙控賽車拖著兩個耶誕老公公來到佐羅力他們面前。

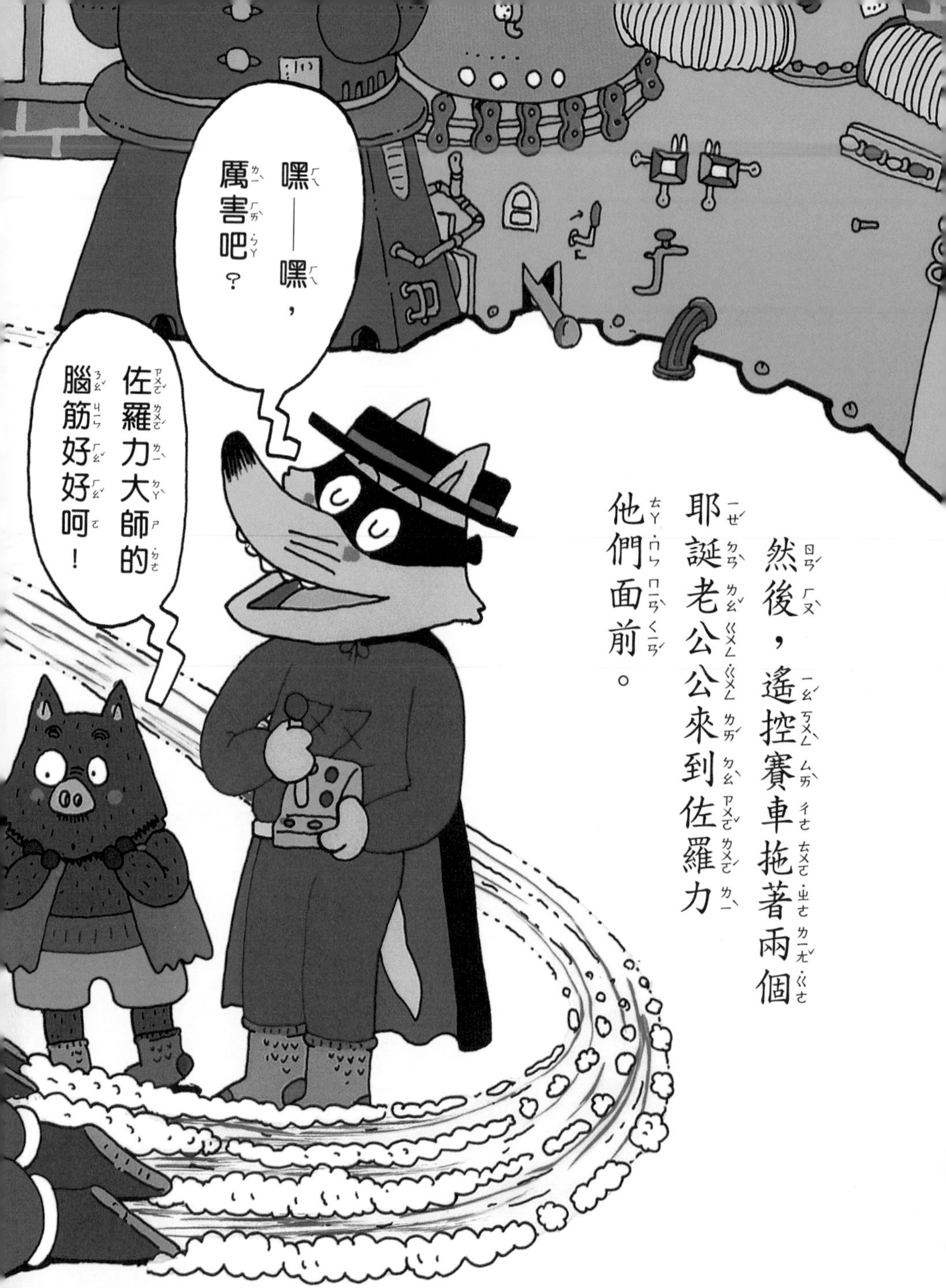
嘿——嘿，厲害吧？
佐羅力大師的腦筋好好呵！

不過，這臺F1賽車的馬力太強了，害我好想要呵。
痛死了！到底是誰在這麼忙的時候，對我們做出這種事。
嘰～嘰

「哼，你們這些耶誕老公公，每年、每年都帶給本大爺痛苦得要命的回憶。我要帶走禮物製造機，好把你們這麼多年來欠我的禮物，通通都要回來。」

「什麼，原來你就是那個明明已經長大，卻還想要禮物、讓我們耶誕老公公感到非常頭痛的佐羅力？」

「嘻嘻嘻，沒錯，小氣鬼耶誕老公公。」

「說什麼呀，像你這樣的差勁傢伙，根本就不可能得到任何禮物。如果不甘心，就改掉那些壞毛病，做個好孩子。」

這個耶誕老公公的話，轟一聲響在佐羅力的腦袋裡，激怒了他。

哇啊——!!
想成為惡作劇之王的
本大爺，怎麼可能
變成好孩子！
你們兩個耶誕老公公
太自以為是了，
就用這個蠢樣等著瞧吧，
本大爺現在就讓你們
好好體會體會，
本大爺到底有多可怕！

這個怎麼樣？
不行不行，要想出讓大家更厭惡的東西才行。
佐羅力大師，那樣實在有點太過分了耶。

佐羅力把伊豬豬和
魯豬豬拉到房間的一角，
攤開一張大大的紙，
開始畫起一些東西。
他們到底在畫什麼呢？
只要你翻到
下一頁，
一切就一目
瞭然啦，

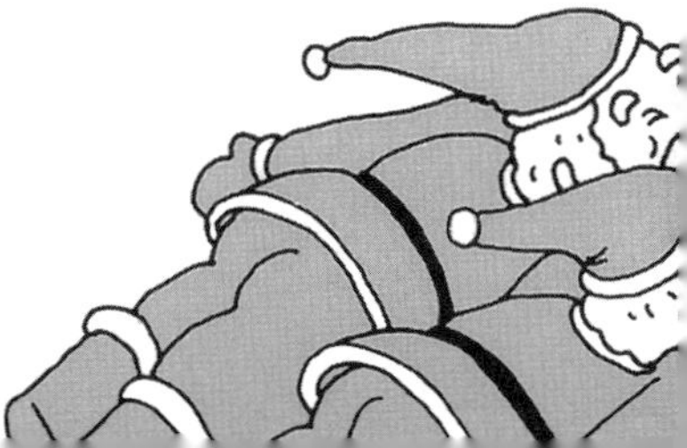

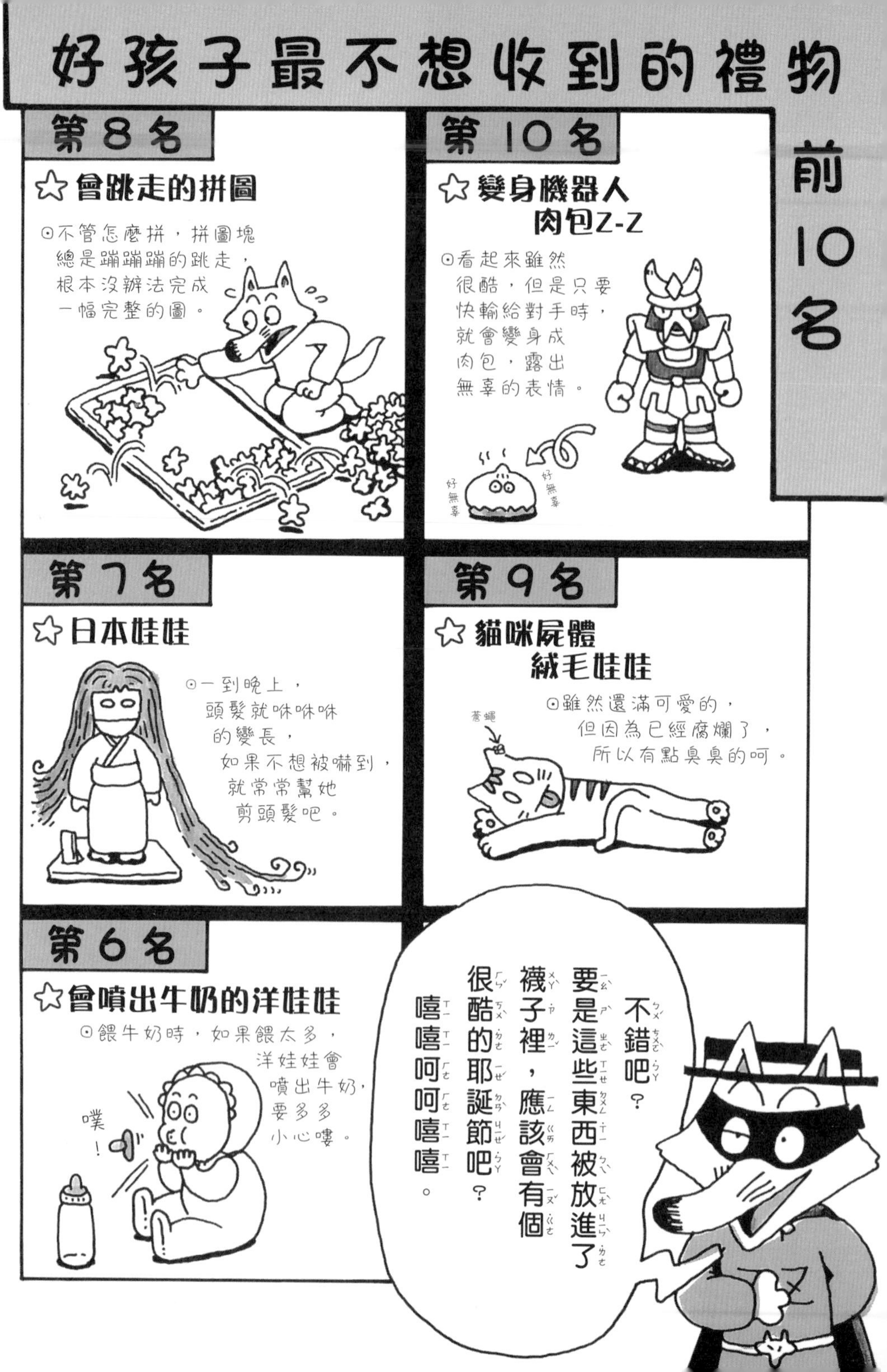

好孩子最不想收到的禮物
前10名
第10名
☆變身機器人肉包Z-Z
◎看起來雖然很酷，但是只要快輸給對手時，就會變身成肉包，露出無辜的表情。
好無辜
好無辜
第9名
☆貓咪屍體絨毛娃娃
◎雖然還滿可愛的，但因為已經腐爛了，所以有點臭臭的呵。
蒼蠅
第8名
☆會跳走的拼圖
◎不管怎麼拼，拼圖塊總是蹦蹦蹦的跳走，根本沒辦法完成一幅完整的圖。
第7名
☆日本娃娃
◎一到晚上，頭髮就咻咻咻的變長，如果不想被嚇到，就常常幫她剪頭髮吧。
第6名
☆會噴出牛奶的洋娃娃
◎餵牛奶時，如果餵太多，洋娃娃會噴出牛奶，要多多小心嘍。
噗！
不錯吧？
要是這些東西被放進了襪子裡，應該會有個很酷的耶誕節吧？
嘻嘻呵呵嘻嘻。

第5名
☆一團亂文書處理機
◉按下鍵盤上的「ㄅ」，螢幕會出現「ㄆ」，由於會像這樣亂跳字，所以請多加注意啦，可能要花上一年的時間練習，才會習慣。
ㄎㄩㄟˋ
ㄑㄨㄞˊ
ㄍㄨㄞˋ ㄐㄧㄝˊ
第4名
☆恐怖的家庭電視遊樂器卡帶
怪傑佐羅力之
角色扮演遊戲
V
勝利
◉這是個角色扮演的遊戲軟體，然而，不管怎麼過關斬將，卻會突然故障，讓所有的努力都變成泡影。
創新的遊戲型態，由於不知何時會故障，遊戲玩家將一直處於提心吊膽的狀態中唷。敬請期待！
毀了
哇！
別那麼大驚小怪嘛！接下來才到了揭曉前三名的時刻呢！
什、什麼！不會吧！
天哪！這些傢伙的腦袋裡，裝的是什麼鬼東西啊？

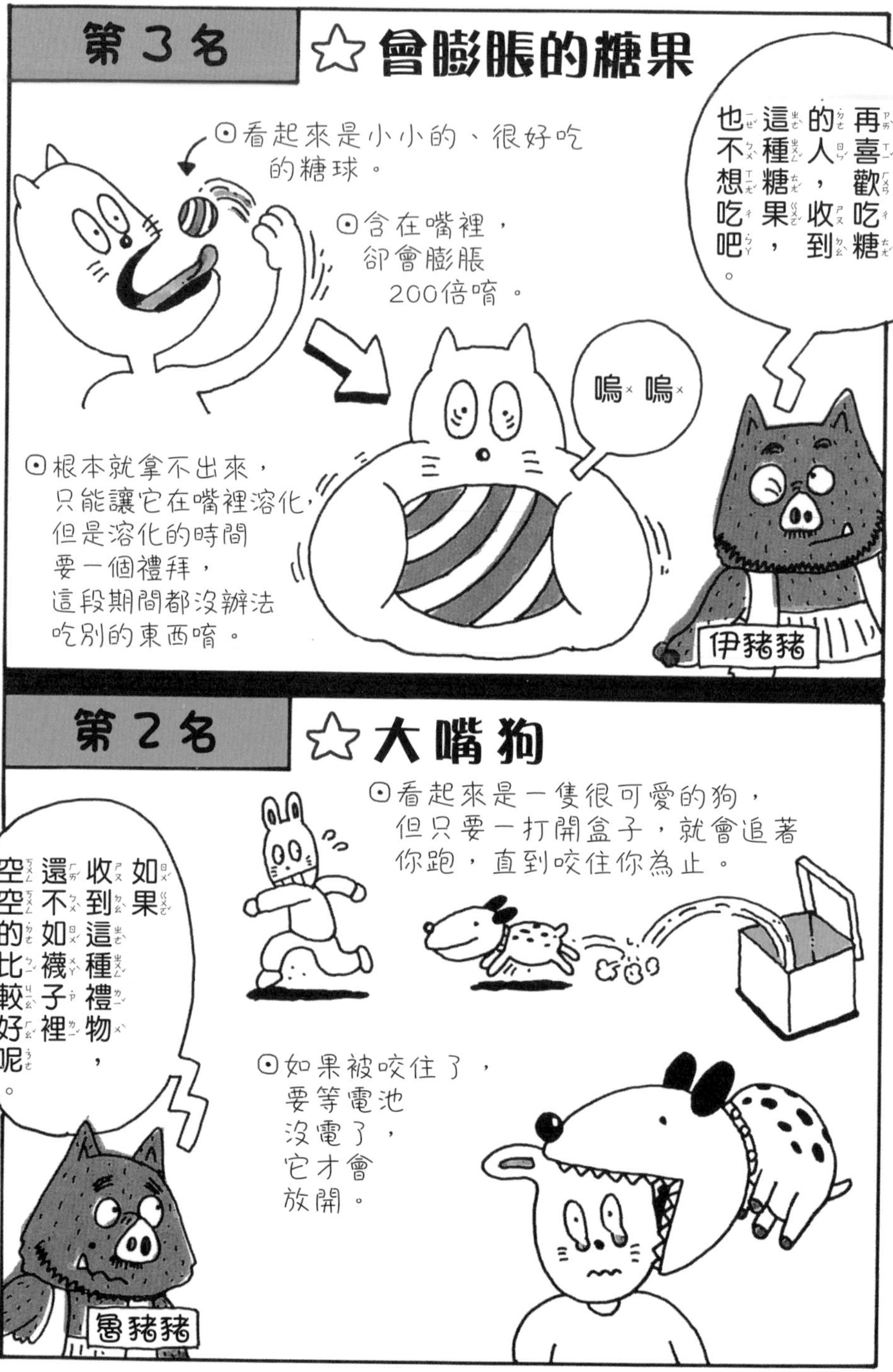
第3名
☆會膨脹的糖果
◎看起來是小小的、很好吃的糖球。
◎含在嘴裡，卻會膨脹200倍唷。
嗚嗚
◎根本就拿不出來，只能讓它在嘴裡溶化，但是溶化的時間要一個禮拜，這段期間都沒辦法吃別的東西唷。
嘿，就算再喜歡吃糖的人，收到這種糖果，也不想吃吧。
伊豬豬
第2名
☆大嘴狗
◎看起來是一隻很可愛的狗，但只要一打開盒子，就會追著你跑，直到咬住你為止。
◎如果被咬住了，要等電池沒電了，它才會放開。
如果收到這種禮物，還不如襪子裡空空的比較好呢。
魯豬豬

第1名
☆震撼炸彈
⊙一打開盒子，這顆腦袋就ㄉㄨㄞ一聲，猛的冒出來!!
啪～
咻
引信
⊙當你被嚇得大叫時，會讓這根蠟燭倒下，並點燃引信。
⊙這顆腦袋裡放有強力炸藥，會讓各位的房間大爆炸，不管是耶誕蛋糕、耶誕樹，都將變得一團糟，歡樂耶誕節也變成了悲慘耶誕節。
⊙耶誕樹會在爆炸的同時飛出去，射進各位的鼻孔裡。
ㄉㄨㄞ
哇，嚇死人了。要是襪子裡放了這種禮物，根本就不會想再過任何的耶誕節呀。
佐羅力

「喂喂，我們可沒時間陪你們玩家家酒遊戲耶。快點放開我們，好讓我們去製作禮物。」

「如果，趕不及在耶誕夜前做好禮物，會讓好孩子的襪子裡

什麼都沒有，那可就糟了。」

耶誕老公公們一抱怨完，

佐羅力就很鎮靜的回答道：

「請你們放一百個心吧，耶誕老公公。

本大爺會讓禮物製造機，

製造出一大堆你們剛剛看到的那種恐怖禮物，

而且，本大爺還會確實的將禮物

送給每個好孩子。」

「什麼!!」

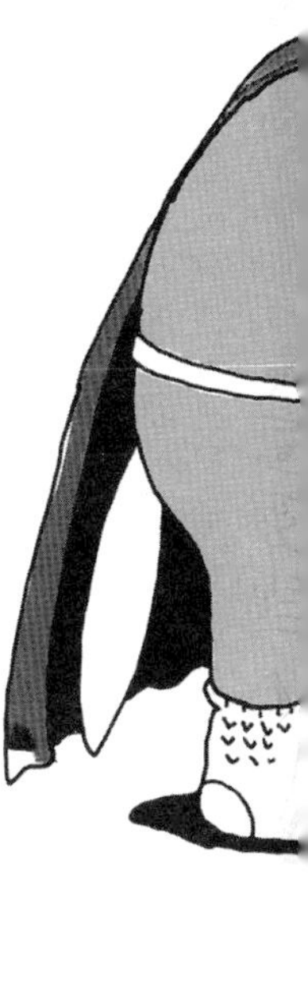

耶誕老公公的臉都綠了。

「天啊！你們千萬別這麼做，要是把這麼恐怖的禮物送到孩子手中，我們也別做什麼耶誕老公公啦！大家一定會因此恨死耶誕老公公的。」

「呵呵，那真是太棒了。從今年開始的每一年，本大爺都可以變身成耶誕老公公，

分送恐怖的耶誕禮物。

現在本大爺的眼前好像浮現了一個景象：

孩子們都拚命的祈禱著『耶誕老公公不要來呀』。

嘻嘻呵呵哈哈。」

佐羅力發出了大笑……

佐羅力他們馬上開始著手進行，將「好孩子紀錄」上的禮物欄填入恐怖禮物。

耶誕老公公們無能為力，只能眼巴巴看著。

先輸出「好孩子紀錄」，喂，這臺機器要怎麼操作？
禮物製造機
使用說明書
嗯——就是……

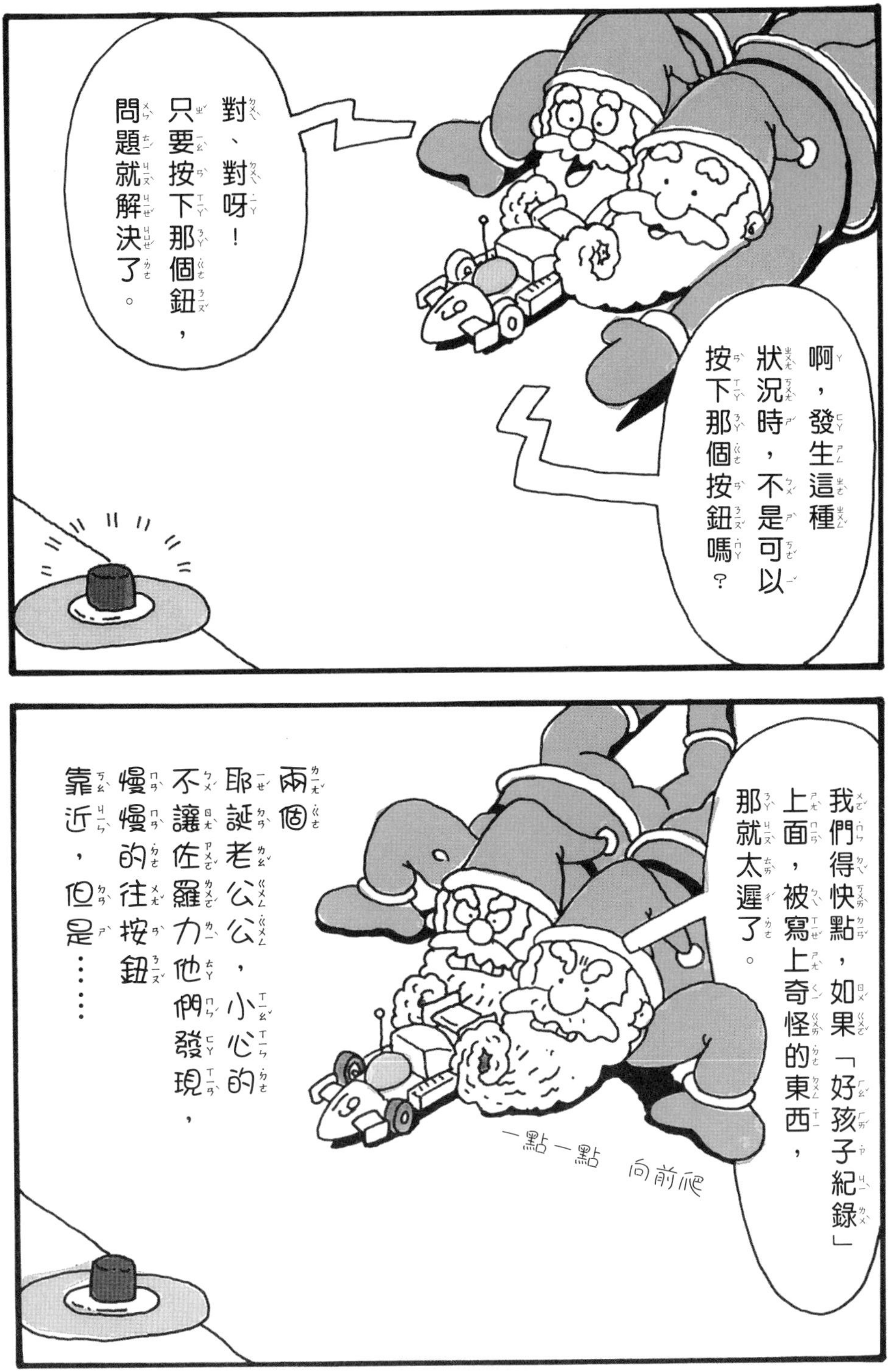
啊，發生這種狀況時，不是可以按下那個按鈕嗎？
對、對呀！只要按下那個鈕，問題就解決了。
我們得快點，如果「好孩子紀錄」上面，被寫上奇怪的東西，那就太遲了。
兩個耶誕老公公，小心的不讓佐羅力他們發現，慢慢的往按鈕靠近，但是……
一點一點　向前爬

伊豬豬卻發現不對勁了。

「啊，佐羅力大師，耶誕老公公他們好像想去按那個可疑的按鈕耶。」

「什、什麼！那很可能是緊急按鈕。絕對不能讓他們按到那個按鈕!!」

「嘿伊!!」

伊豬豬朝著耶誕老公公的

方向，全速飛奔
而去。

耶誕老公公的手
已經伸到按鈕的
上方了。

伊豬豬到底
來不來得及呢？

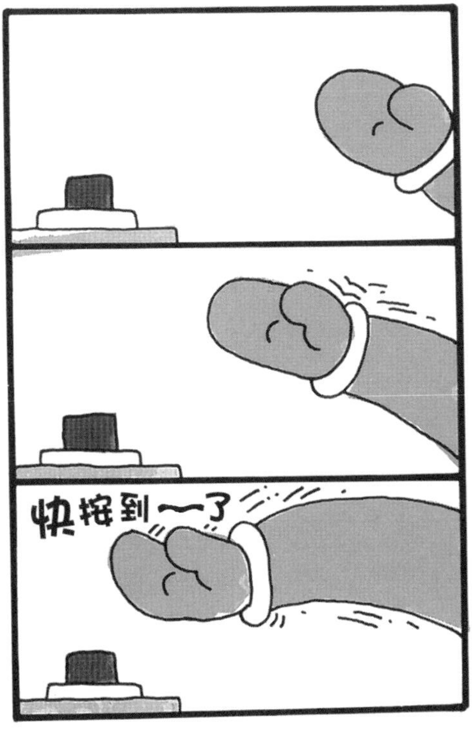

伊豬豬穿著襪子，滑呀滑，

朝耶誕老公公和按鈕間滑了過去。

「嘿嘿嘿，安全嘍！真危險、真危險，差一點就讓他們得逞啦。」

真是遺憾哪，耶誕老公公們沒按到按鈕。但是，伊豬豬的腳卻代替他們的手，不偏不倚的踩中按鈕。

鈴鈴鈴鈴鈴鈴鈴……

「哈哈哈，佐羅力先生，真遺憾，
這個按鈕是萬一發生特殊狀況時，用來聯絡
耶誕警察的按鈕。」
「什麼？你們是說耶誕警察嗎？」
佐羅力問道。

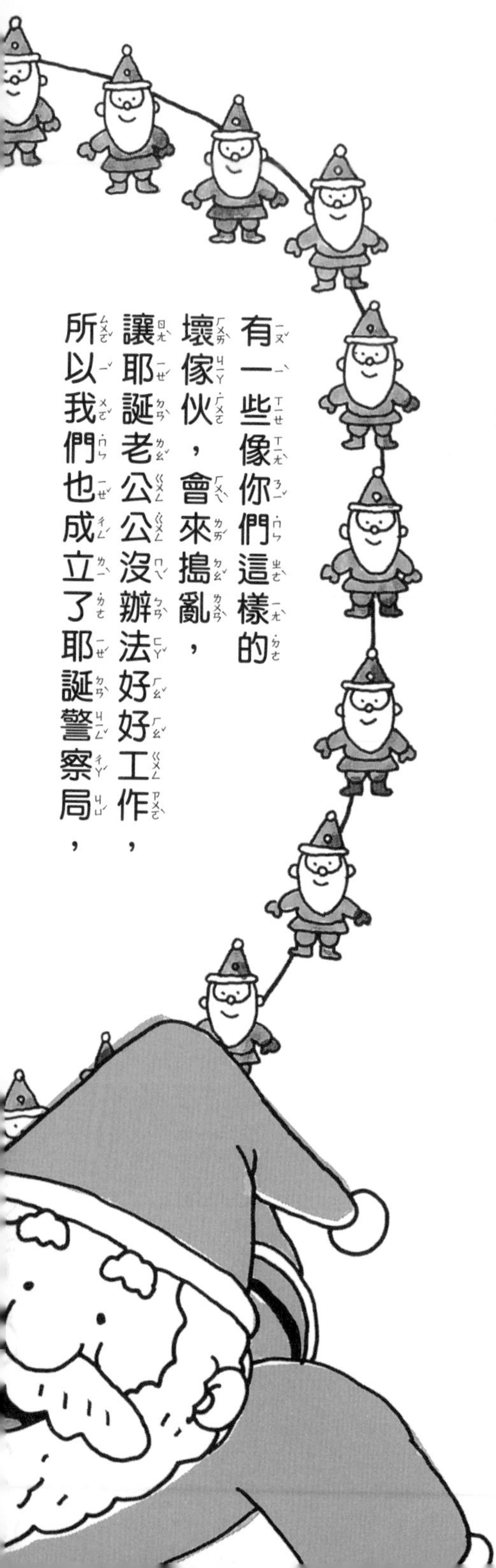

有一些像你們這樣的
壞傢伙，會來搗亂，
讓耶誕老公公沒辦法好好工作，
所以我們也成立了耶誕警察局，

好保護耶誕老公公們的家。
只要按下那個按鈕，
就會有一百位耶誕警察，
在十分鐘之內趕來，並馬上將
壞蛋抓住。到目前為止，
還沒有一個
壞蛋能從
耶誕警察的
手中逃走，真是
值得自豪啊。
而你們
是不是有了覺悟啦？
呵呵呵呵——

「吵死人啦！」
憤怒的佐羅力
又拿起F1賽車的
遙控器，並操縱遙控桿，
讓車子撞上牆壁。
耶誕老公公們哪受得了這樣的撞擊，
全都昏了過去。
「事情不妙了，就算
本大爺再怎麼強，

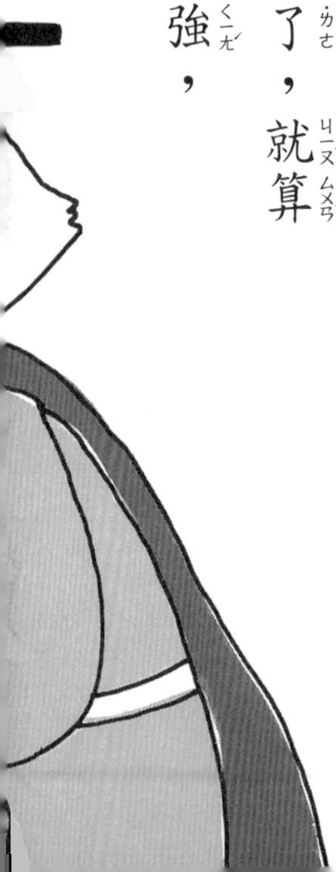

也沒辦法一次打倒一百個警察。不過，如果就這樣撤退了，有辱我惡作劇天才的名聲。我們還有十分鐘，應該足夠製作出三份恐怖的禮物。做好後混進耶誕老公的袋子裡，然後再逃走，如何？」

佐羅力馬上從電腦裡，
我們就來讓恐怖的禮物，送到今年最乖的三個好孩子手中。
輸出前三名好孩子的「好孩子紀錄」!!
太酷了。

拿出前三名好孩子的「好孩子紀錄」。
快點，用橡皮擦把禮物欄上的字都擦掉。
前三名的孩子」!!
擦擦
呀呀

接下來，在紀錄表上寫下我們想出來的恐怖禮物。
快點！快要沒時間啦！
三人將寫好的「好孩子紀錄」，

陸續放進禮物製造機的資料放置口。
只要拉下這根桿子，
接下來就只要等著禮物被製造出來就行啦。
好孩子紀錄

把製造好的禮物一一裝進耶誕老公的袋子裡，
哇，三份禮物都做好了耶。

跟其他的禮物袋混在一起。
啊，他們一定不會發現這裡面混進了恐怖的禮物嘻嘻呵呵。
砰咚

「這些耶誕老公公作夢也想不到，明天晚上，他們就要親手將恐怖禮物送出去啦。來吧！我們趁著現在，從後門逃出去吧。」

佐羅力他們一打開門……

喂，快點。
啊，是耶誕蛋糕耶，我怎麼到現在才注意到呢？看起來好好吃呵。
耶誕快樂

外面有一百個耶誕警察正等著他們呢。
哇啊！我還是第一次看到這麼多耶誕老公公耶。
這是比人山人海還厲害的耶誕老公公山耶誕老公公海，

佐羅力大師，
我們逃不了啦！

「蠢蛋！
怎麼能這樣輕易的
束手就擒呢？」
佐羅力又退回
耶誕老公公的屋子裡，
砰一聲，
用力的關上門。

「好——我們就來個出其不意，
從煙囪逃出去。」
「從煙囪出去，那我們簡直
就像耶誕老公公哪。」
這時，貪吃的
魯豬豬說：
「佐羅力大師，
我把這個耶誕蛋糕拿走，
沒關係吧，我的肚子已經

餓得受不了啦。」

「緊要關頭，你居然還輕輕鬆鬆的在講這個。這種事你自己決定啦。現在最重要的是要能脫身才行。」

髒兮兮的三個人
爬出煙囪，再
跳到屋頂上時，

從飛在空中的
雪橇中……

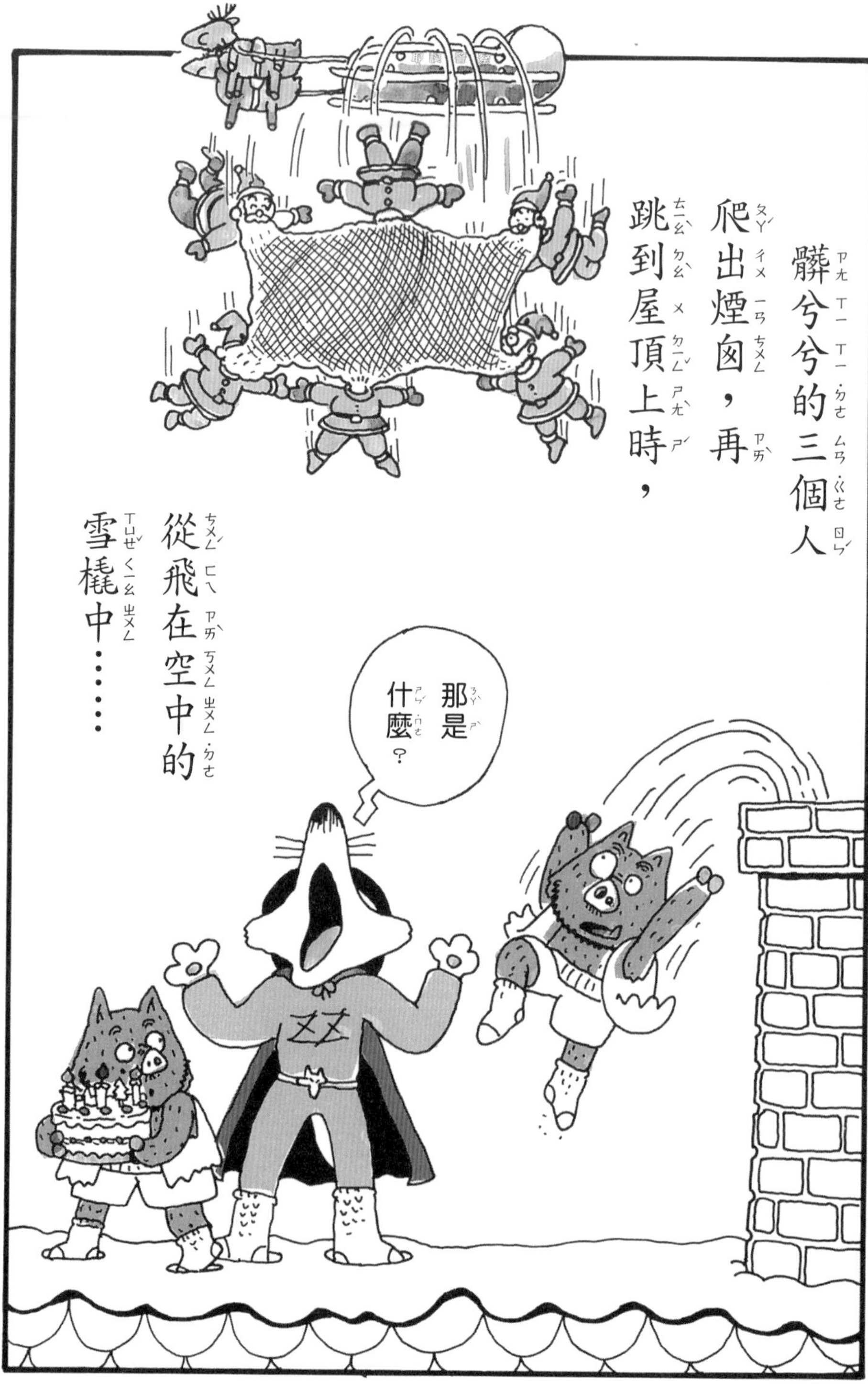

六個耶誕老公公，用鬍子織成一個大網子，從空中跳下來。

佐羅力他們最後
還是被捕了，
並且被送上雪橇。
「現在要把你們
帶到『耶誕監獄』。
你們至少要
在那裡
被關上
十五年，

好學習變成一個好孩子。

「十……十五年!!本大爺真的要從大家的眼前，消失那麼長的時間嗎？那麼請務必讓本大爺跟讀者道別一下。」

怪傑佐羅力ㄉㄜ˙臨時休假通知

長久以來，感謝大家ㄉㄜ˙支持，並擁有「怪傑佐羅力系列」ㄉㄜ˙第11集，本大爺即將休息15年。

15年後，當本大爺回來時，大家都已經長大成人了，搞不好會對本大爺說：「哼！這種小孩子ㄉㄜ˙書，哪能讀呢？」

拜託請不要說出這種令人傷心ㄉㄜ˙話，請繼續跟著本大爺一起去冒險吧。

要是沒辦法做到這樣，那就跟你可愛ㄉㄜ˙小孩推薦說：「這是對你很有幫助ㄉㄜ˙名著，你一定要讀呵。」

佐羅力才跟大家道別完，不知道從哪裡傳來了一陣陣東西燒焦的味道。

請大家多保重，再見啦。
呼呼，佐羅力大師，好像有東西燒焦了。

原來魯豬豬拿走的蛋糕，上頭蠟燭的火，燒到了耶誕老公公的鬍子。

就是現在!!
我們就搭著
這輛雪橇
回家去吧!!

佐羅力拿起
操縱馴鹿的韁繩，
用力一揮，
但是……

馴鹿們是耶誕老公公的夥伴。他們掙脫項圈，將尖銳的角對著佐羅力他們，展開了猛力的攻擊。

遭受這麼銳利的鹿角攻擊，哪有人承受得了呢？

「嗚哇——！」

當佐羅力
他們猛的倒栽蔥時，

往後倒的三人，腳上的襪子發出刺鼻的臭味，讓馴鹿的鼻子都扭曲了，身體也整個向後仰。

馴鹿的角也因此卡在森林的樹枝間，變成了這樣。

佐羅力他們乘坐著雪橇，輕鬆的在雪地上滑行，順利回到了家。

鬍子被燒焦的六個耶誕警察，回到耶誕老公公的屋子，對其他人說道：

「真抱歉，我們讓佐羅力他們跑了，請各位趕快跟我們一起去追吧。」

「不用了，剛剛我們已經檢查過了，他們只拿走一個蛋糕而已。

耶誕夜眼看就快到了，加緊腳步把剩下的禮物製作出來，確實的送出去，那才是我們耶誕老公公的職責。」

「說的沒錯！」

耶誕老公公們
為了不讓
孩子們失望，
拚命的
工作著。
然而，當
所有的禮物都
做好時，

已經是二十四日的晚上了。

時間非常緊迫！

兩個耶誕老公公急急忙忙帶著禮物搭上雪橇，往寒冷的、閃爍著點點星光的夜空中飛去。

二十五日，耶誕節的早上。

從佐羅力他們的小屋傳來了非常興奮的聲音。

「耶！快看，快看，這隻襪子胖嘟嘟的耶。一定是因為我們在『好孩子紀錄』上寫了一大堆好事，禮物就來啦。好好呵，有耶誕禮物真好，好高興唷，

只有我的禮物這麼小一個。

真是太棒了。」

「快點打開來

看看，好期待呵！」

「好，大家

一起打開吧。」

三人

一起出聲

喊道：

「一、二……」

「三!!」
哇啊！這、這不是
哇，我的是看起來很好吃的糖果。

本大爺想出來的恐怖禮物嗎？
啊！
啪
咻
ㄉㄨㄞ～

這時，耶誕老公公們已經送完禮物，將疲憊的身軀躺在鬆軟的沙發上休息，一邊品嚐著美味的咖啡。

這是為了明年仍有充沛的活力為孩子們送禮物，所以正好好的養精蓄銳呢。

因為不知道事情會變成怎樣，所以很擔心，不過還好，總算趕上了耶誕節。
孩子們現在一定正在打開禮物，並且高興得歡呼吧，
呼——
為了不再受到佐羅力的騷擾，耶誕老公公的家得搬往更難被發現的地方才行。
唔嗯嗯嗯。

怪傑佐羅力超炫耶誕卡

塗上漂亮的顏色，就是
一張很炫的卡片喔。

緊急通知

◎已經在第14頁的「好孩子紀錄」上亂寫一通的你，趕快翻到那一頁，用橡皮擦擦乾淨，老老實實寫可能比較好。不然，如果你因此收到意外的禮物，我們可不負責喔。

至於打開耶誕禮物的佐羅力他們三人……

偶棉太當心嚕（我們太貪心了），菜好矮子雞鹿上（在「好孩子紀錄」上）雪了太豆好錶先（寫了太多好表現），又美豬尾巴舔山梅（又沒注意到前三名）啾是偶棉吱嘰啊（就是我們自己啊），走溜哩大痣（佐羅力大師）。
那時慌慌張張的，哪有時間看清楚，到底是誰的「好孩子紀錄」，然後就在我們自己的紀錄上寫下了恐怖禮物啊。
冒煙中

可惡，明年非得要過一個好年不可，各位等著看吧。
好痛啊，佐羅力大師，可不可以請你用螺絲起子把這個絨毛娃娃解體啊，嗚。

佐羅力大挑戰的解答（封底）

● 作者簡介

原裕 Yutaka Hara

一九五三年出生於日本熊本縣，一九七四年獲得ＫＦＳ創作比賽「講談社兒童圖書獎」，主要作品有《小小的森林》、《手套火箭的宇宙探險》、《寶貝木屐》、《小噗出門買東西》、《我也能變得和爸爸一樣嗎？》、【輕飄飄的巧克力島】系列、【膽小的鬼怪】系列、【菠菜人】系列、【怪傑佐羅力】系列、【鬼怪尤太】系列、【魔法的禮物】系列等。

● 譯者簡介

周姚萍

兒童文學創作者、童書譯者。著有《日落臺北城》、《臺灣小兵造飛機》、《山城之夏》、《我的名字叫希望》等書，譯有【名偵探】系列等。曾獲金鼎獎優良圖書推薦獎、聯合報讀書人最佳童書獎、幼獅青少年文學獎、九歌年度童話獎、好書大家讀年度好書等獎項。

國家圖書館出版品預行編目資料

怪傑佐羅力之恐怖的禮物
原裕 文、圖；周姚萍 譯 --
第一版. -- 台北市：天下雜誌, 2011.08
92 面；14.9x21公分. --（怪傑佐羅力系列；11）
譯自：かいけつゾロリのきょうふのプレゼント
ISBN 978-986-241-297-8（精裝）
861.59　　100006377

怪傑佐羅力系列 11

怪傑佐羅力之恐怖的禮物

作者｜原裕
譯者｜周姚萍
責任編輯｜張文婷
特約編輯｜蔡珮瑤
美術設計｜蕭雅慧
天下雜誌群創辦人｜殷允芃
董事長兼執行長｜何琦瑜
兒童產品事業群
副總經理｜林彥傑
總編輯｜林欣靜
主編｜陳毓書
版權主任｜何晨瑋、黃微真
出版者｜親子天下股份有限公司
地址｜台北市 104 建國北路一段 96 號 4 樓
電話｜（02）2509-2800　傳真｜（02）2509-2462
網址｜www.parenting.com.tw
讀者服務專線｜（02）2662-0332
週一～週五：09：00～17：30
讀者服務傳真｜（02）2662-6048
客服信箱｜parenting@cw.com.tw

法律顧問｜台英國際商務法律事務所・羅明通律師
製版印刷｜中原造像股份有限公司
總經銷｜大和圖書有限公司
電話｜（02）8990-2588
出版日期｜2011 年 8 月第一版第一次印行
2022 年 11 月第一版第十九次印行
定價｜250 元
書號｜BCKCH024P
ISBN｜978-986-241-297-8（精裝）

訂購服務
親子天下 Shopping｜shopping.parenting.com.tw
海外・大量訂購｜parenting@cw.com.tw
書香花園｜台北市建國北路二段 6 巷 11 號
電話（02）2506-1635
劃撥帳號｜50331356 親子天下股份有限公司

日本熱賣25年，狂銷3,000萬本的經典角色

讓你笑到彎腰、幽默破表的開胃閱讀系列

怪傑佐羅力

連續五年圖書館小學生借閱率前三名

不論遇到什麼困難，佐羅力都絕對不會放棄。我認為懂得運用智慧、度過難關，這種不放棄的精神，是長大進入社會以後最重要的事。

——【怪傑佐羅力】系列作者　**原裕**（Yutaka Hara）

不靠魔法打敗哈利波特的佐羅力

日本朝日新聞社調查幼稚園~國小六年級3,583位小朋友，佐羅力打敗哈利波特，是所有小朋友心目中的最愛！

風靡所有孩子的佐羅力精神

- ★雖然每次的惡作劇都失敗，卻反而讓佐羅力成為樂於助人的正義之士。
- ★不管遇到什麼挫折，佐羅力總是抬頭挺胸向前走。
- ★雖然媽媽不在身邊，卻總是想著媽媽，勇敢面對挑戰，所以佐羅力永遠不會變壞。
- ★不只故事有趣，藏在書中各處的漫畫、謎題、發明，每次讀都有新發現。

下一本永遠更有趣，讓孩子想一直讀下去

佐羅力雖然很愛惡作劇，卻常常失敗，反而幫助了別人，真是太好笑了！

——台灣．陳稷謙．小三

【佐羅力】系列不僅字體大容易閱讀，還包含很多像漫畫般的插圖，非常適合作為孩子自己閱讀的第一本書。我的孩子是因為看了【佐羅力】，才變得能夠單獨閱讀一本書。

——日本．家長

雖然佐羅力很愛惡作劇，卻很看重朋友，一不小心還會做好事。這點讓女兒覺得很有趣，還讓她聯想到自己與朋友間的關係，甚至產生「佐羅力即使失敗，也會多方思考，絕對不放棄」這樣不怕挫折的想法。

——日本．家長

現在就和佐羅力一起出發！

為了向天國的媽媽證明，自己能夠成為頂天立地的「惡作劇之王」，佐羅力帶著小跟班伊豬豬、魯豬豬，展開充滿歡笑和淚水的修練之旅……

出版預告

2012年推出第14~19集

2013年推出第20~27集

佐羅力

為了讓在天堂的媽媽以他為榮，佐羅力立志成為「惡作劇之王」，勇敢踏上修練之旅。旅途中佐羅力喜歡打抱不平，常有驚人的創意發明，雖然每次惡作劇都以失敗收場，卻陰錯陽差解決難題，搖身變成眾人感謝的正義之士。

伊豬豬、魯豬豬

貪吃的野豬雙胞胎，哥哥伊豬豬右眼和右鼻孔比較大；弟弟魯豬豬左眼和左鼻孔比較大。兩人因為仰慕佐羅力成了小跟班，尊稱佐羅力為大師，卻總是幫倒忙，造成不可收拾的混亂，拖累佐羅力的計畫。

佐羅力的媽媽

溫柔的母親是佐羅力最念念不忘的人，但她在佐羅力小時候就已經去世。由於佐羅力個性迷糊，讓她即使在天堂，卻仍然常常來到人間，關心寶貝兒子的一舉一動，偶而還會偷偷幫助佐羅力，是一位愛子心切的好母親。

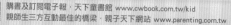

明年想要收到這樣的禮物

媽媽的膝蓋枕頭

・會溫柔唱出搖籃曲的媽媽絨毛娃娃

・膝蓋部分是又鬆又軟的枕頭

睡吧，小小佐羅力，可愛的小小佐羅力。
要是有了這個，晚上就能睡得好香好甜。

種出來的霜淇淋水果凍

・種在院子裡，只要澆水，就會長出霜淇淋。

從霜淇淋攝取營養，並同時長出各種水果來。

香蕉
橘子
哈密瓜
蘋果

・只要有一天忘了澆水，霜淇淋就會枯萎，所以請特別注意。（夏天，霜淇淋很快就會溶化，所以請在冬天種植。）